GÜNTER GRASS

Letzte TÄNZE

Deutscher Taschenbuch Verlag

Ungekürzte Ausgabe
Oktober 2007
Deutscher Taschenbuch Verlag GmbH & Co. KG, München
www.dtv.de

Lektorat: Helmut Frielinghaus
Buchgestaltung: Günter Grass, Gerhard Steidl, Claas Möller
Umschlagkonzept: Balk & Brumshagen
Umschlaggrafik: Günter Grass (© Steidl)
Druck und Bindung: Kösel, Krugzell
Gedruckt auf säurefreiem, chlorfrei gebleichtem Papier
Printed in Germany
ISBN 978-3-423-13606-8

Maria Sommer gewidmet

INHALT

GOTTÄHNLICH

Als ich des Schiffes Untergang
und den nachhallenden Schrei
zum Buch verkürzt hatte,
wollte ich etwas Heiteres
zum Gegenstand meiner Laune machen
und begann aus Töpferton,
der feucht und vorrätig alt roch,
Figuren – Mann und Frau in Bewegung –
als Hohlkörper zu formen: jenseits
des Schreckens tanzende Paare,
die rundum Raum nahmen.

Musik! Ihr kurzer eiliger oder verschleppter
oder weit fußfassender Tangoschritt
blieb unterm Kleid verborgen,
seine herrisch bestimmenden Tanzbeine
in zu großen Schuhen,
die der raschen Drehung, dem Beinahesturz
Halt geben sollten.

Mit beiden Händen,
von denen Erde krümelte,
gab ich dem schnellen Schieber der Kinderjahre,
meiner durchtanzten Jugend Gestalt, Ragtime,
die späteren Tänze, bald atemlos.
Verjüngt war ich gottähnlich.
Die Pfeife lag abseits, kalt.

Schicksal
will vorwärts.
Kind schön,
Schicksal

FRÜH GELERNT

Ganz einfach der Schieber.
Der Herr greift die Dame,
sie zieht ihn sich über.
Er will, sie will noch nicht
und bleibt in der Klammer.
Er drängelt, drängt mittlings,
sein Knie – und sie spürt es –
tritt hinter sich schnell.

So einfach der Schieber.
Gelernt, als ich Kind noch,
weil Krieg war und Männer
in Stiefeln weit ostwärts,
so daß sich die Mädchen
aus Mangel und Tanzlust
uns Jungs von der Bank weg
mit Fingerschnalz holten.

Und noch einen Schieber.
Er vor- und sie rückwärts.
Im Takt ohne Zögern,
der Blick in die Ferne,
wo nichts ist, nichts dreht sich.
Das läuft wie am Schnürchen
querbeet und am Rand lang.
Vierkant das Podest.

Beim Schieber, da gibts nichts
zu lachen zu weinen:
nicht traurig, nicht heiter,
in Schönheit stirbt niemand,
kein Hüpfer hebt ab.
Der Herr drängt die Dame,
fast fällt sie, er hält sie.
Sein Knie trifft ihr Glück.

Wie einst, als ich vierzehn,
und sie mich, war siebzehn,
freiweg in den Griff nahm,
daß ich ihr beim Schieber
mit halbstarkem Pimmel ...
Hieß Ilse, war Tippse,
die richtigen Männer
warn draußen im Krieg.

EINST IN DER LÖWENBURG

Als über die Bretter,
wie sie gefügt
und alles erleiden,
wir paarweis losgelassen
– mal so mal so gewürfelt –,
schoß uns Sankt Veit in die Beine.

Rag auf qualmenden Sohlen.
Die Glieder, Kleinholz verworfen.
Zum Siedepunkt, nein, drüber weg,
bis beiderlei Fleisch gekocht.
Doch keine Erlösung,
weil kurz nur die Pause.

Drauf, im Nachzittern noch,
den Herrn, die Dame gewechselt,
Münzen im Automaten, damit nicht aufhört,
was flußaufwärts am Mississippi begann.
Lichtwechsel jetzt und
aus gestopfter Trompete: Blues ...

Rings alle Abgründe offen,
doch niemand stolpert, fällt, stürzt,
weil Engel – billig beim Kellner gemietet –
schweißlos mit schützender Hand
allgegenwärtig: Nobody knows
the trouble I have seen ...

Das war, als vom Krieg wir übriggeblieben
und bei Heißgetränk mit Rumgeschmack
– sprachlos noch immer –
uns auf den Tanzböden der Vorstadt
das Überleben und sonst noch paar Nummern
beweisen wollten.

Jeden Sonnabend Ragtime.
Vom Fernsprechamt lösten nach Schicht
die Mädchen sich ab.
Die hießen – wie hießen sie noch? –
und waren heiß
bei minus fünfzehn Grad draußen.

Der Schuppen nannte sich »Löwenburg«.
Gibt es schon lange nicht mehr,
auch kaum noch uns, aber der Beat
hört nicht auf zu hämmern,
auf daß beim Totentanz
die alten Knochen wieder versammelt.

Rag und Blues – zwischendurch Damenwahl!

TANGO NOCTURNO

Der Herr knickt die Dame,
nein, biegt sie, so beugsam die Dame,
der Herr gibt sich steif.

Zwei Körper, die eins sind, doch nichts
von sich wissen, geschieden in Treue,
in Treue vereint.

Die Hand in der Beuge, gedehnt tropft die Zeit,
bis plötzlich die Uhr schlägt:
fünf eilige Schritte.

Wir stürzen nach vorne und retten uns rücklings,
wo nichts ist als Fläche,
nach vorne zurück.

In Angst, doch ich fange – der Sturz
ist gespielt nur – mit rettendem Händchen
dich oftgeübt auf.

Sind leer jetzt mit Haltung und schauen
im Schleppschritt, beim Leerlauf mit Haltung
uns unbewegt zu.

Das ist der Tango, die Diagonale.
Aus Fallsucht zum Stillstand.
Ich höre dein Herz.

TANGO MORTALE

Befehl wie von oben: der Leib, der den Leib flieht,
gestreckt auf der Flucht ist,
so reißt es uns hin.

Kein Abgrund, doch Weite, in die wir,
als stünden rings Spiegel,
Blicke verwerfen.

Und nochmals befohlen: die Einkehr nach innen.
Wir treten die Stelle, zuinnerst die Stelle
und bleiben im Takt.

Gezählt sind die Stürze, die Beinahestürze,
der Fortgang der Schritte, die zögernd, verzögernd
das Ende verschleppen.

Unsterblich, unsterblich! Das doppelte Ich,
solange beim Tango, beim Tango Mortale
ein Schrittmuster führt.

Mit restlichem Atem beim Fest ohne Gäste.
Das Paar, das sich feiert, ist dennoch und endlich
auf Beifall bedacht.

Der Schmerz ist nur Maske. Wir gleiten verkleidet
auf grenzloser Fläche, dem Tod auf den Fersen,
uns selbst hinterdrein.

Hörst Du den Tango
Hast Du vergessen
Ich fange Dich auf
Zwei Körper
und nichts
Hörst Du

ist nur Spiel.

Letzter Tango

Antwort
Blick sagt Blick.

Tango
Zwei Körper
geschieden
Die Hand im
bis schnell
Die Uhr
Wir stürzen
Hört

endloser Fläche,
Diagonale?
Stillstand
vor dem Schritt.
Schleppschritt

TANZ IM SCHNEE

Nach so viel wankelmütigem Wetter –
hart standen Bäume vor nassem Grau,
sonst fiel dem Winter nichts ein –
schneit es, es schneit!
Auf Ost und West fällt Schnee,
deckt zu, macht gleich,
als habe wetterbedingt
der Sozialismus gesiegt
und Kachelmann, der Wolkenschieber,
war – gleich nach der Tagesschau –
sein Prophet.

Laß uns tanzen im Schnee, damit wir,
solang er noch liegt, Spuren machen
im knirschenden Weiß,
die bleiben, bleiben,
bis es – vorausgesagt – taut,
Ost West wieder nackt
und unbemäntelt zu unterscheiden sind.

Laß uns tanzen im Schnee.

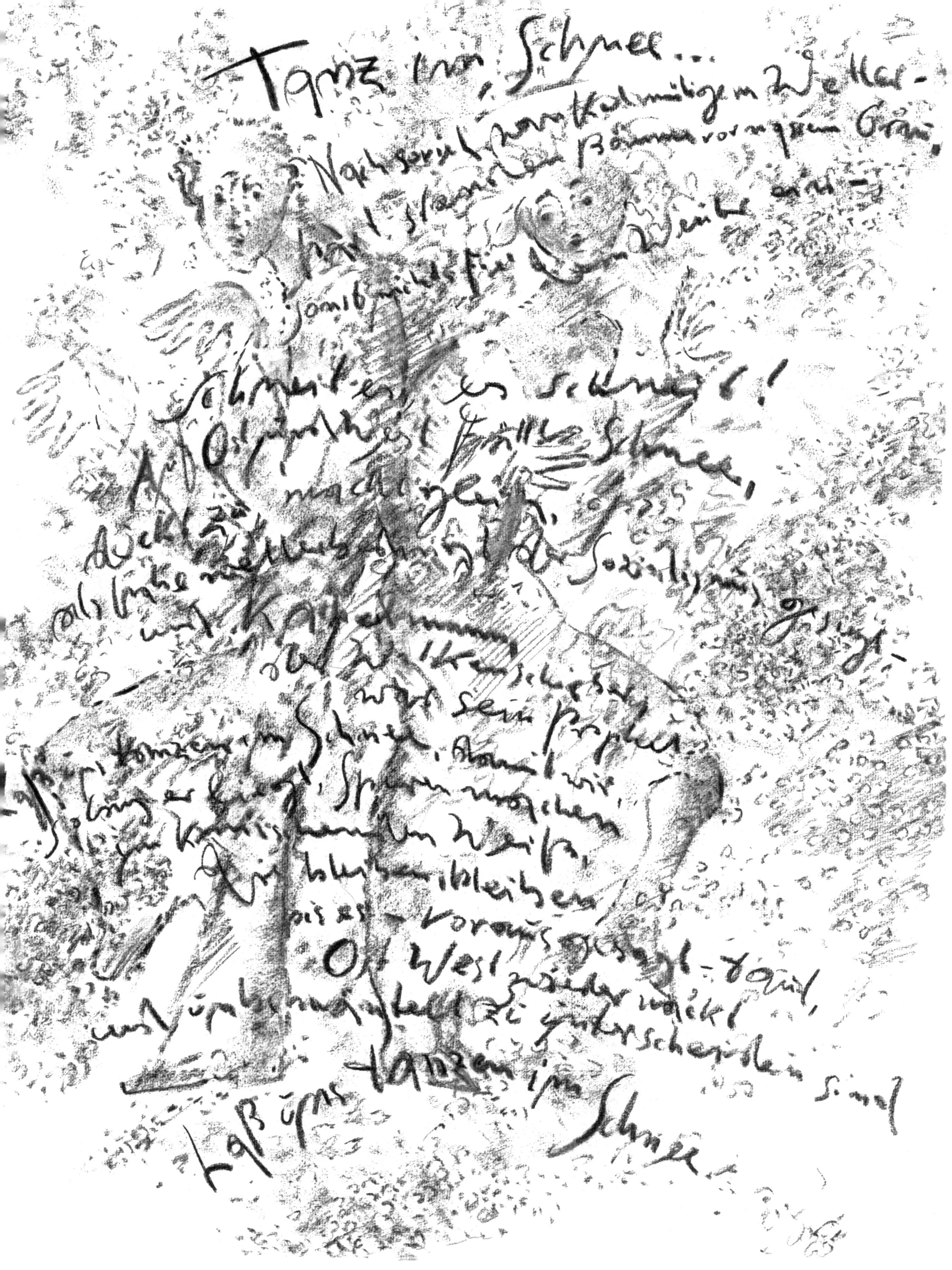
Tanz im Schnee...
Schneit es, es schneit!
Schnee
Laß uns tanzen im Schnee

TANZ DER KAKTEEN

Hangaufwärts greifen sie über sich
und fingern, auf Lücken aus,
bedrängen einander.

Aus dem Stand tanzen sie, sind,
bewegt und starr zugleich,
sich selbst genug.

Und kommen nie aus dem Takt,
schwitzen nicht, sparen ihr Wasser,
einzig dürstend nach Licht.

Fällt ein Arm, wurzelt er blindlings,
treibt später Glieder,
geübt in Ekstase.

Feind alles Fremden sind sie.
Nichts dringt hier ein.
Nadelspitz abgewiesen

und verletzlich steh ich abseits
mit meinem Schatten, der tanzen will,
aber nicht darf.

ALS DER WALZER IN MODE KAM

Wer noch auf Beinen stand, tanzte ihn,
vor und nach Austerlitz.

Mit knapper Verbeugung. Die überlebenden Offiziere
forderten auf: uniform.

Festlich spiegelte sich nach Dienstschluß
der Drill der Kasernenhöfe.

Ich tanzte selten auf dem fortwährenden Kongreß
Walzer zur Metternichzeit.

War mir zu beschwingt, zu rechtsrum, linksrum, zu selig
und ohne Ecken.

Die Donau zu blau und des Himmels Hängeboden
voller Geigen zuviel.

Nichts gegen die Firma Strauß, den Opernball
und weitere kostümbunte Filme.

Wiener Schmäh im Dreivierteltakt oder
des Untergangs süßer Singsang.

Solch fesches Madel, die Melencolia,
rundum überzuckert.

Diesen Walzer lasse ich aus, suche Vergnügen
bei Mauerblümchen, die ihr Taschentuch knüllen.

Wenn schon, dann eine Polka, bevor des Cowboys Raketen
abermals sprechen.

Ab jetzt werden nur Einschläge tödlich daneben
auf der Mattscheibe tanzen.

Altes Europa! Nach soviel Walzer- und Waffenexport
schaust du tränenblind zu.

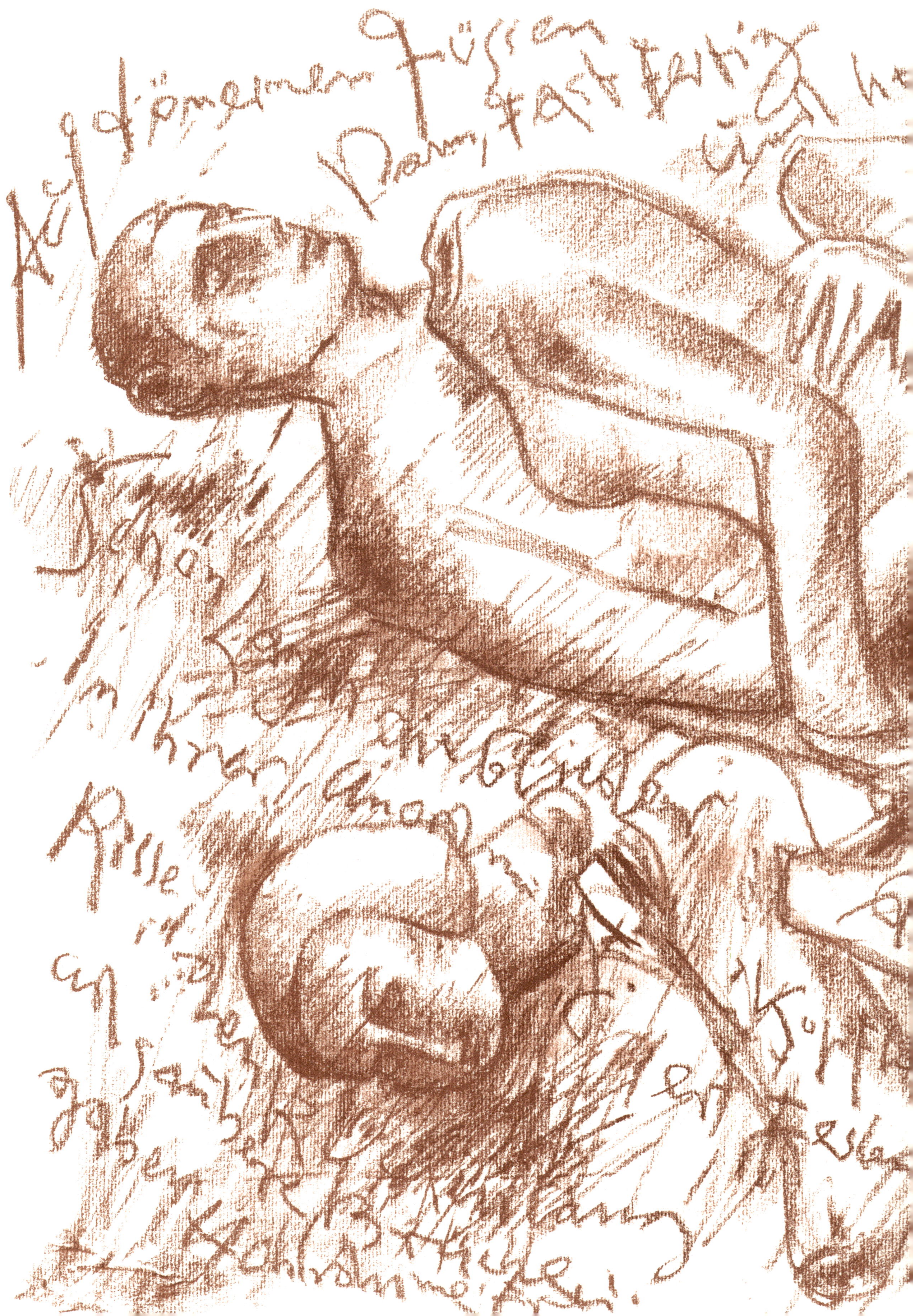
Auf dünnen Füssen
Dann, fast fertig

AUF TÖNERNEN FÜSSEN

Dann, fast fertig
und hoch schlank gelungen,
stürzte, mitten im Tanz,
ein Paar,
fiel zu Scherben.

Schön lagen die Glieder
in ihrer Unordnung.
Risse, den Rücken lang,
und saubere Brüche
gaben Hohlräume frei.

Noch immer tanzten sie.
Verkrüppelt, gestaucht
die tönernen Füsse,
kopflos sie, er immer noch
festen Blickes.

Neu will ich beide
entstehen lassen,
höher, noch schlanker gelungen,
der Tanzschritt gefestigt,
gefeit gegen Stürze.

Jadoch, ich weiß: allenfalls
bleiben Scherben.

NACH MITTERNACHT

Nein, kein knöcherner Sensenmann,
der tänzelnd Bauer und Bürger,
das adlige Fräulein, den feisten Pfaff,
Bettler und Kaiser mitnimmt,
auch nicht der tanzende Gott
überm bergspiegelnden Wasser von Sils Maria,
wie er mit Sprüngen über sich weist
und als Superman Sprechblasen füllt;
einzig wir beide gepaart,
wenn uns um Mitternacht,
gleich nach den Spätnachrichten –
schon wieder droht Krieg –
das Küchenradio führt:
ein Slowfox, altmodisch, fügt zusammen,
was tagsüber zerstreut seinen Lauf nahm.

Liebste, nur wenige Takte,
bevor du mich und dich –
wie immer um diese Zeit –
mit Tabletten versorgst: einzelne
und gezählte.

SCHLEIERTANZ

Und noch einer fällt,
weil unerschöpflich dein Fundus:
die Grabbelkiste im Schlußverkauf.

Und in jeden weniger
ist eine Geschichte verstrickt:
Fortsetzung folgt.

Und immer aufs Neue verhüllt
gibst du Pointen preis,
mal tragische, mal komische.

Und jedes Gewebe verrät durchsichtig
das nächste, das wiederum
durchsichtig ist.

Und um dich, nur um dich
dreht, dreht sich
in Zeitlupe alles.

Und unberührt bleibt,
was dein Geiz – reich an Tränen –
erspart hat.

Und so bleibt, Mal um Mal,
verhängte Schönheit
Spekulation.

Und weil fünftausend Jahre und mehr
verschleiert vorrätig sind,
hört er nie auf, dein Tanz.

Und ich – an Striptease gewöhnt –
schaue dir zu, ungeduldig,
ein wenig genervt.

ZUM PAAR GEFÜGT

Zwei Buchen einer Wurzel
sacht bewegt, sobald ich
um ihren Tanz den Kreis beschreibe.

Die Stämme glatt und nah bei nah,
daß grad ein Luftzug
die Haut noch streichelt.

Erst im Geäst sind sie behende,
nackt winterlich verzweigt
vor leergeräumtem Himmel.

So bleiben sie im Takt,
verzückt in leichter Beuge.
Weiß nicht, welche ist sie, welche er.

Zwei Buchen tanzen auf der Stelle.

NACH ALTER MELODIE

Ungezählt – no bodycount –
liegen sie weitgestreut,
wie jene Bombe, die ihnen galt,
auf deutsch Streubombe heißt
und gleich wen – Frau, Mann, den Säugling
und auch des Nachbars Hund –
ohne Ansehen erkennt.

Keine Frage nach Alter, Geschlecht, Beruf
oder Rasse. Blindlings ist ihr
alles was atmet lieb.
Der sie erfand, kopierte
den Comic vom Tod, der niemanden schont
und aus Prinzip
gerecht ist.

Uns bleiben sie unter Tüchern verborgen,
sind kaum noch fotogen, es sei denn,
er käme – unser Eintänzer –
mit der altmodischen Fiedel, auf daß
nach seiner Melodie alle verstreuten Glieder
wieder versammelt wären,
sich fänden reihum.

Gottbefohlen, wie der Präsident sagt,
nähm bei der Hand alle der Tod: den Bäcker
von nebenan, den Jungen in Uniform, die Frau
mit dem vierten Kind unterm Herzen,
die vielen überzähligen Kinder, tänzelnd alle;
doch kein Bein, kein Arm
will sich regen.

ungezählt – no body count –
auf deutsch
ohne Ansehen erkennt
Keine Frage nach Alter
oder Rasse. Blindlings
alles was atmet lieb.

MILITARY BLUES

Einst kam übers große Wasser
schallplattenrund und mit Jubel verziert
dunkle Klage.
Ella und ihr heiserer Trompeter
machten uns hellhörig
für Singsang auf Baumwollfeldern.
Auch ahnten wir, wie gottverlassen
Gottes Kinder in Gottes eignem Land
den Rücken beugten.
Immerhin stand der Himmel offen
den Schuhputzern, Küchenschaben, dem Nigger,
wenn auch getrennt nach Rasse.
        Glory Hallelujah ...

Oh, das änderte sich mit der neuen,
gegen Billiglohn
oder auf Kredit vergebenen Zeit.
Zwar wurden hinter Gittern
mehr Befreite von Lincolns Gnaden gezählt,
als das Gesetz, dieser Wiederkäuer, versprach,
aber ehrenvoll glichen
überzählig viele Soldaten
annähernd die Statistik aus.
In Vietnam verkauften sie ihre dunkle Haut
teuer, so hieß es,
gegen die Haut der Gelben.
        Glory Hallelujah ...

Jetzt aber werden auf Bildschirmen
Generäle bekannt, die sich in Westpoint bereits
als Jahrgangbeste bewiesen haben.
So anstrengend das ist: als Schwarze
bringen sie ihren Job
weißer als weiß zu Ende.
Ein wenig traurig sehen sie aus,
als stecke ihnen noch immer
der alte Blues in den Genen.
Doch besorgen sie klaglos – wie einst
die Schuhputzer, Küchenschaben, der Nigger –
das globale Geschäft ihrer beherrschenden Bosse.
Glory Hallelujah ...

ZUGABE

Nach langem Beifall – Handwerk knallhart –
greifen müde ergraut die Musikanten noch einmal
nach Holz und Blech.

Paare, wie sie gefügt und zufällig beieinander,
bewegen sich zwangsläufig, bleiben,
solange das dauert, im Takt.

Schon räumen die Kellner ab. Wir ahnen, daß demnächst,
wenn nicht sogleich, Schluß ist, hoffen aber
auf Zugaben bis zuletzt.

So verzögert sich allgemein und speziell
unser Ende, das seit langem rot vordatiert
im Kalender steht.

Wer das Licht ausknipst endlich, bleibt im Dunkeln,
hüstelt ein wenig und lacht sich ins Fäustchen.
Kehraus heißt die Polka.

Zugabe

DES WIEDERHOLUNGSTÄTERS HALBHERZIGE BEICHTE

So komm ich denn geschlichen, such den Kasten,
will mich in ihm vom Sondermüll entlasten,
auf daß ein Ohr gleich einem Abfallschacht
mich wie in Kinderjahren leicht und schuldfrei macht;
der Priester zählte zu der Zunft der Päderasten.

Noch turnt auf meiner Zunge dies und das,
bevor es überläuft, mein mäßig großes Faß.
Fein säuberlich sortiert, was schwer wiegt, was nur lässig,
was ich mir ausgedacht gehässig,
was ich aus Liebe sorglos tat, bewußt aus Haß.

Der Täter auf Gedankenflucht sucht Lücken:
nicht immer gings saisonbedingt ums Ficken.
Da war doch was, geschah vor Jahr und Tag,
zuerst nur Wortsalat, drauf Schlag auf Schlag,
als ich mir Sonnenblumen köpfte, danach Wicken.

Erklären läßt sich vieles, doch das Ohr will Fakten,
der Priester nuschelt was von nackten
und solchen, die sich modisch kostümieren,
will hören, ob mit Menschen, ob mit Tieren,
was sonst noch ruchbar ist in staubergrauten Akten.

Ich habe, bin, griff, stieß, lag zwischen,
war darauf aus, die Säfte immer neu zu mischen.
Zerstreut versammelt, ganz auf Null gebracht,
hab ich das Komma und den Doppelpunkt verlacht,
war ungeladen Gast an allzu vielen Tischen.

Verlust belebte mein Geschäft, gern fledderte ich Leichen,
wie sie allzeit sich unter Leichentüchern gleichen.
Ich molk Vergangenheit, nahm Zukunft auf Kredit,
als ich mich billig an die Gegenwart verriet;
so schöpft ich Armut ab und zählte zu den Reichen.

Was bist du nun? Ein ausgewrungner Socken,
ein Schwamm, der mittlerweile trocken,
ein Tänzer, der rasch atemlos,
die Inschrift auf diversen Klos,
der Arzt, der Handel treibt mit Gonokokken?

Gern hätt ich mich auf einer magersüchtgen Ziege
als Opfer meines Spinnefeinds Intrige
euch Tugendhaften bloßgestellt – der Hirschkuhschänder! –,
doch fehlte es an freien Tagen im Kalender:
zu wenig Zeit, zu viele hochdotierte Siege.

So wurd zum Standbild ich, das allseits ausgestellt
sich selbst enteignet war, als Eigentum der Welt
genagelt stand auf wackligem Podest,
Verwalter seines Ruhmes zähgekautem Rest,
der Häme Ziel, bespuckt, vom Neid verbellt.

Ach, meine Beichte findet weder Stuhl noch Ohr.
So fleißig ich die dicken Bretter bohr,
kein Loch ins Grüne führt und nirgendwo Idylle.
Ja, selbst die Flucht in dornumhegte Stille
hält nachbarlich sich unverjährte Schuld als Chor.

Das bringt mich nach dem Stuhlgang oft ins Schwitzen,
hält mich auf Suche nach noch unverstopften Ritzen,
will, was vergessen ist, vergessen, doch ein Tier
nagt ständig in und außer mir;
zur Tarnung kauf ich Kappen bunt und uniforme Mützen.

Mir zur Entlastung setzte ich Gelächter frei,
war flüchtig in der pilz- und beerenreichen Kaschubei.
Die fetten Lügen trieb ich schlankweg auf die Spitze,
erzählte Toten quicklebendig Witze
und rief Kassandra aus als fotogene Loreley.

Vor allen Freuden war mir eine ganz besonders lieb:
den Stein zu wälzen streng nach Sisyphus-Prinzip.
War froh, fand ich ihn unten, mürrisch, wenn er oben,
ließ mich als patentierten Steinewälzer loben
und nannte Glück, was mich bergaufwärts trieb.

Dann wiederum war ich auf selbstgespanntem Seil
ein Tänzer, der im Abgrund sucht sein Heil
und doch mit Wörtern, luftig in Balance,
ein Netz sich spannt, vorsorglich seinem Tanze;
es ist die Furcht des Mutes feig verschwiegner Teil.

Nur manchmal, wenn ich Stein und Tanz entkam
und mich vergrub in feuchtbestellter Scham,
gelang mir ein Gedicht, in dem sich nichts mehr reimte,
jedoch ein Körnchen Wahrheit zwischen Zeilen keimte,
mein Versfuß gab sich hinkend, doch nicht lahm.

Halbherzig ist die Beichte mir mißraten,
weil ich stets Ablaß kaufte, häppchenweis auf Raten.
Gespiegelt und entschlüsselt bin ich von Natur
ein Glatzkopf, der mit wechselnder Frisur
allabendlich Objekt ist, wenn wir Rätsel raten.

Was restlich an mir klebt katholisch,
läßt sich als Suff erklären, ist notorisch.
Ich gieß mir nach. Nie ist das Glas ganz leer.
Was sich nicht sagen läßt, bleibt wortreich ungefähr,
nennt sich im Zweifelsfall: symbolisch.

So will ich denn mit meinen nachgeschminkten Sünden
mir Richter suchen unter Tauben, Stummen, Blinden.
Ein Rest soll bleiben und als Mehrwert oder Hypothek,
wenn ich mich fügsam in die Erde leg,
mein Grabstein sein, für Freund und Feind zu finden.

LIEBE IM AUGUST

Wenn zweisam wir
zwischen und unter den Spinnen
vielgliedrig uns ins Netz gehen,
das hausgemacht
dich und mich auffängt,
sind wir
  einer
    des anderen
      Beute.

Liebe im August
wenn auch wir
Spinnen —
ins Netz gehen
Bette.

VERTRAUEN

Nein, du beißt ihn nicht ab,
den kahlköpfigen Hinweis
auf kurzes Glück.
So bleiben uns beide Eier
heil und auf Vorrat.

GESTRANDET

Nach steilem Aufstieg
bis über die Wolken
und höher noch,
stürzen Ikarus und Ikara
schneller ab als gedacht,
landen aber weich in den Dünen,
wo sie – noch steiler –
den nächsten Flug planen.

Nach steil
Stürzten Ikarus
und Ikara
schneller als geplant

EIN WUNDER

Soeben noch schlaff und abgenutzt
nach soviel Jahren Gebrauch,
steht er
   – was Wunder!
      er steht –,
will von dir, mir und dir bestaunt sein,
verlästert und nützlich zugleich.

HEFTIGE STÖSSE

Zuerst klirrten die Gläser,
dann zweistimmig wir,
doch nichts ging in Scherben.

...en die Gläser,
...igstimmung, die!
...nichts ging in Scherben.

SCHNELLER PROFIT

Während sie, auf Wolken gebettet,
himmelhoch spekuliert,
streicht er – sich immer voraus –
auf anderer Börse Gewinn ein.

EIGENTLICH

wollten wir in die Pilze gehen.
Dann aber fanden wir uns
reichlich nahbei
und dicht bei dicht.

Eigentlich wollten wir ja die Pilze
dann aber fanden wir
wirklich
und dich dabei

IM GLEICHKLANG

Schwerer als Federnblasen
ist die fleischliche Liebe,
es sei denn, beide
  erleben sich
    gleichzeitig leicht.

MIT DEN MITTELN DER KUNST

Ihr Fleisch hat Rubens offenen Mundes
aufs Löwenfell geworfen;
ihm jedoch, der ihr beiliegt,
gab El Greco schmale Lippen
und langgliedrige Ekstase ein.

DANACH

Als wir uns lösten
und Fäden zogen,
kam Hunger auf,
doch greifbar waren
nur Möhren: knackig,
weil roh.

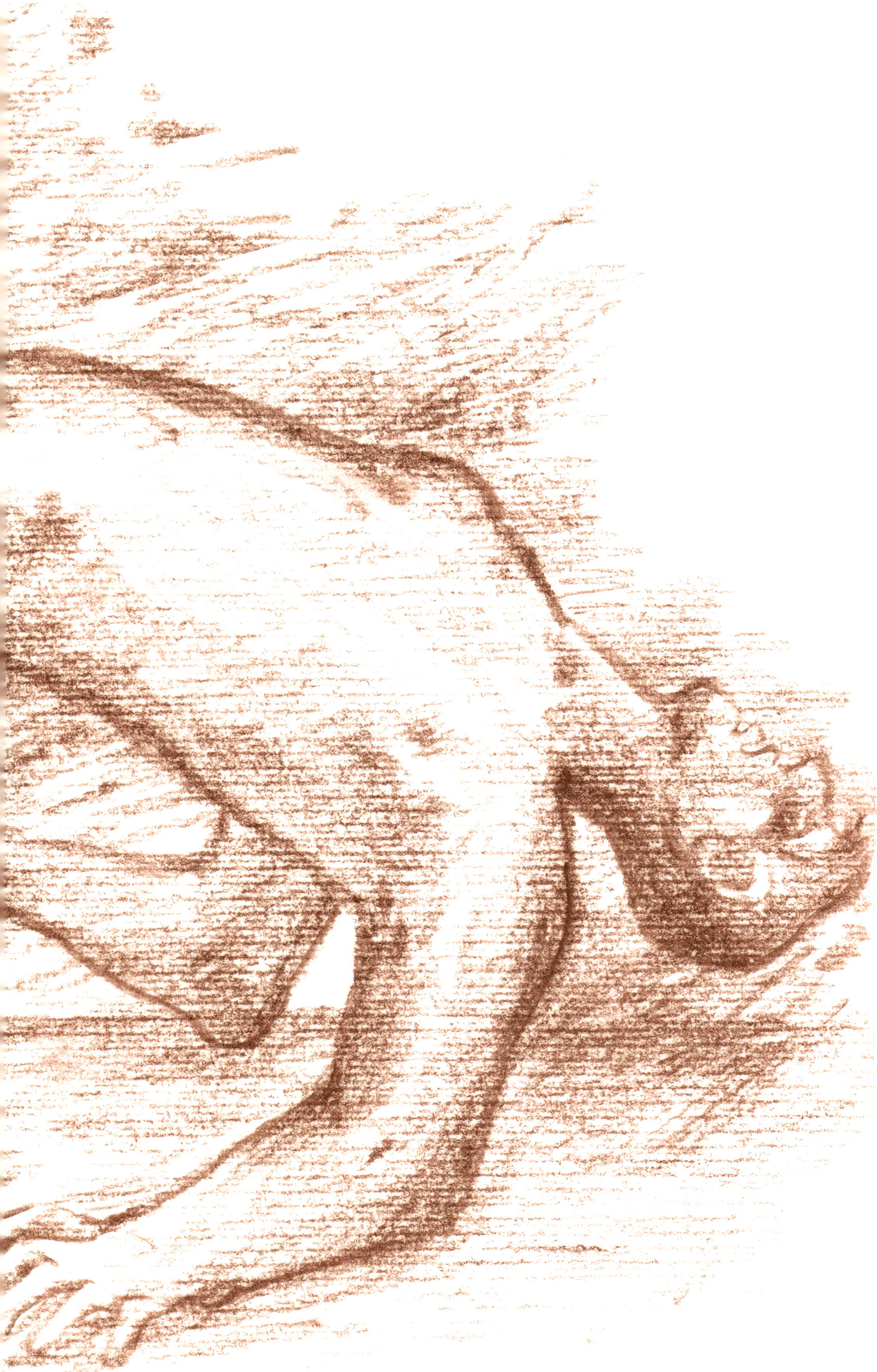

SCHAMLOS

wie Tiere
leckten wir uns
und fanden später –
satt und matt –
mit selbiger Zunge
zivil geordnete Wörter,
einander die Welt zu erklären:
den Anstieg der Benzinpreise,
die Mängel im Rentensystem,
das Unbegreifliche
der letzten Beethoven-Quartette.

LÄSTERLICH

Heute nacht, Liebste,
träumte mir,
ich läge dir bei.
Aber das warst nicht du,
auch du nicht,
verjährte Geliebte –
nein, natürlich nicht meine Mutter! –,
vielmehr war ich der besagte Erzengel,
und die Jungfrau – jadoch, Maria! –
erkannte mich: beinebreit.

Wollte erwacht lästerlich
meine katholische Herkunft verfluchen,
dann aber begann ich mir Sorgen zu machen
um mein Söhnchen,
des kleinen Erlösers bekannte Zukunft.

ÜBER DER BALTISCHEN SEE

Vom nordöstlichen Diwan
heben wir eins in eins ab.
Matt – auf dem Rückflug erst –
erzählen wir uns
die erprobten Inselgeschichten.

AUS GEWOHNTEM BETT

Flug über die Insel –
wohin?
Dort, Liebste, dort,
zwischen Wiese und Wald,
offen steht unser Haus.

Bett
Ueber die Insel
wohin?
Dort, Liebste, dort
Wiese und Wald
offen steht
unser Haus.

ZULETZT DREI WÜNSCHE

Komm, tanz mit mir, solang ich noch bei Puste
und von den Sohlen aufwärts existiere.
Was ich von Kindesbeinen her an Wechselschritten wußte,
ist mir noch immer wie das ABC geläufig,
doch pocht in linker Wade häufig
ein Schmerz, den ich im Ruhestand verliere.
Drum bitt ich dich um eine Pause Toleranz,
bis ich gelenkig bin zum nächsten Tanz.

Komm, lieg mir bei, solang mein Einundalles steht
und wichtig tut, als stünd er zum Beweis,
worum in aller Welt es laut Statistik geht:
nah dem Polarkreis, in der Wüste Gobi koitieren
selbst Greise noch, bevor sie kollabieren
und suchen Lustgewinn um jeden Preis.
Drum bitt ich dich, Geduld als Stütze zu begreifen,
bis er – du staunst – beginnt, sich zu versteifen.

Komm, sieh mir zu, ob ich den Kopfstand schaffe
und aus verkehrter Sicht die Dinge rings erkenne,
wie ich schon immer schräg von oben als Giraffe
und schräg von unten aus des Menschenwurmes Blick
mir reimte, was behinderlich dem Glück
und was zuerst auf Erden war: das Ei? die Henne?
Drum bitt um Nachsicht ich, wenn meine Kopfständ gleichen
letztendlich einem Fragezeichen.

Komm tanz, lieg bei, sieh zu und staune,
was mir noch möglich ist bei Gunst und Laune.

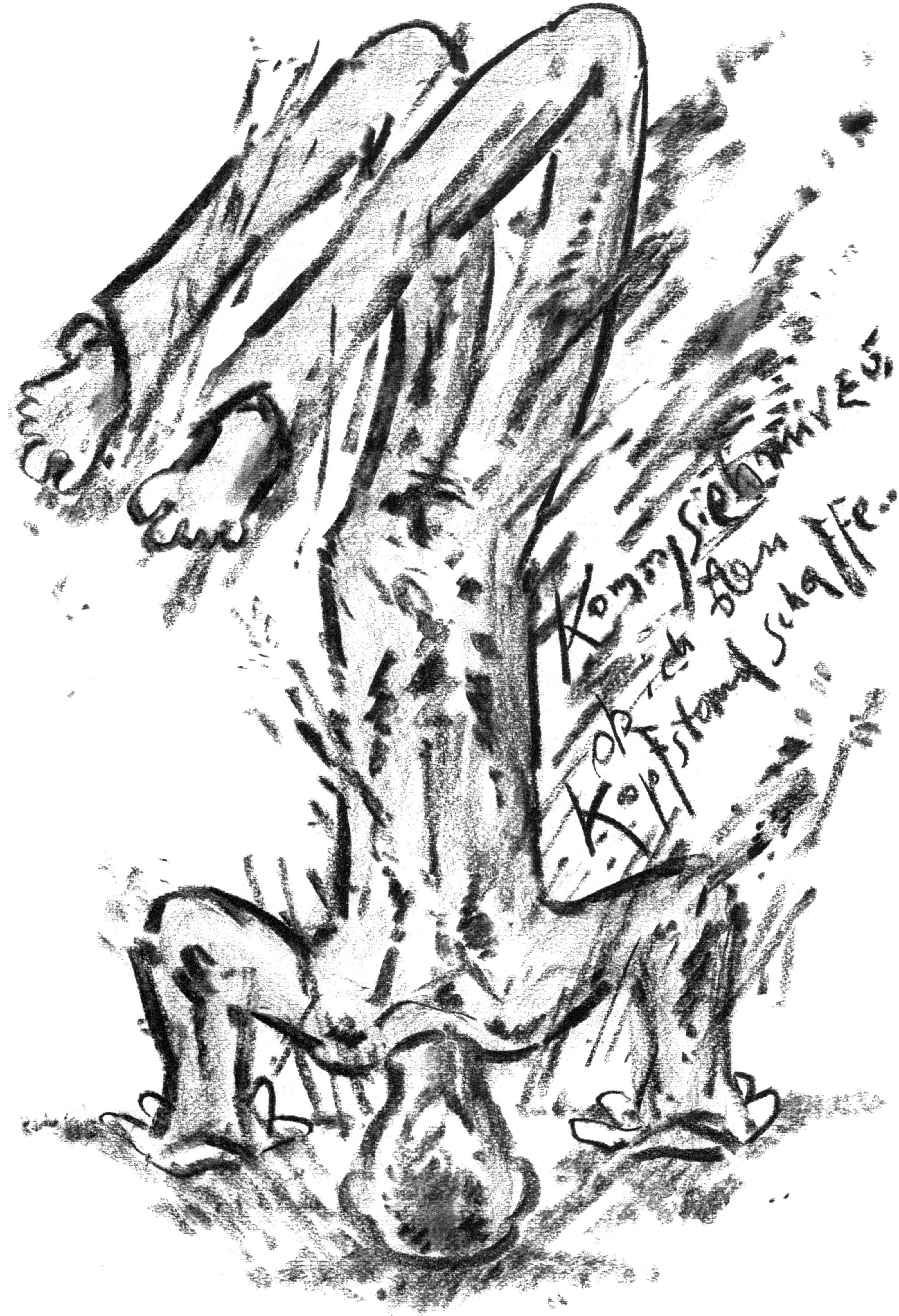
Kommsiehnaires,
ob ich den
Kopfstand schaffe..

AUGENBLICKLICHES GLÜCK

Wenn ich beim Kopfstand die Familie zähle
und weiß, daß kein Haupt fehlt,
denn alle bibbern ängstlich und geniert
im Halbkreis stumm,
weil Vater zeigt, was ihm als Greis
so grade noch gelingt –
mit siebzig, fünfundsiebzig
die Kiste hoch, die Beine krumm –,
und ich aus Bodennähe seh,
wie alle Enkel
sind wohlgeraten,
die Söhne, Töchter schön
in ihren Krisen und kopfoben alle,
scheint mir die Welt im Lot zu sein,
auch staunenswert,
solang ich mich kopfunten halte;
dann aber wankt, was nur Behauptung war
und – auf des Augenblickes Dauer –
mich glücklich machte aus verkehrtem Stand.

KOPFSTÄNDLERS LIED

Das kam davon, das kam davon!
Fromm ständisch Land und Leut verkrustet,
von unten schielend sah sich Obrigkeit
mal streng mal huldvoll nach Belieben.
Doch mit der Dampfmaschine und dem Blitzableiter
brach an samt Kinderfron und Stücklohntakt
die neue Zeit; der Rest blieb noch abstrakt.
    Denn nach des Fortschritts Schrittezählerregel
    stand auf dem Kopf der Weltgeistreiter Hegel.

Das muß sich ändern, ändern muß sich das!
Die Weber habens blutend vorgemacht,
doch in den Städten warn die Proletarier
noch ohn Bewußtsein, aus Prinzip zerstritten,
verliebknecht und verbebelt auf Reförmchen aus.
Daß sich die Reichen von der Armut mästen,
stand nur in Marxundengels Manifesten:
    Auf daß sich Volk mit Volk vereine,
    stellt endlich Vater Hegel auf die Beine!

Das kommt davon, das kommt davon!
Die Welt ist nun total verfilzt,
verflüchtigt digital das Kapital
in diesen und den nächsten Krieg,
doch nur der Hunger feiert Sieg nach Sieg.
Alleingelassen hofft der Hegemon,
daß er sich selbst erlöst – und seis als Klon.
    Kein Hegel steht uns Kopf als Retter,
    kopfständig ist allein das Wetter.

KURZ VOR OSTERN

Sah einen Schwan
auf schwarzem Tümpel.
Nicht er, ich erschrak.
Zuviel Schönheit mit Gleichmut gepaart.
Hielt das nicht aus, ging.

Auf dem Rückweg zwei Kröten
unter- wie übereinander,
kaum vom Atem belebt.
So Jahr für Jahr
wie nach Vorschrift.

Ach, stünde die Welt doch Kopf!
Vielleicht fiele ihr was
aus der Tasche.
Der Schlüssel, zum Beispiel,
passend für einen Ausweg.

KARA

Unser Hündchen ist tot.
Niemand hebt mehr den Kopf,
wenn ich, weil schlaflos,
nachts die Küche heimsuche.
Im Wald ist mir niemand
drei Schritte voraus
und zeigt an,
wo es lohnt, haltzumachen,
die einzelne Eiche, engstehende Buchen
mit Stift auf Papier wahrzunehmen:
Stämme, Geäst.

Schneller als mein voreiliger Gedanke,
folgsamer, als ich je sein könnte,
treuer, als selbst die Liebe es fordert,
war unser Hündchen.
Wenn ich den Stock weit
in die schlappen Wellen warf,
war ihm nie – mir schon –
die Ostsee zu kalt.
Leer ist der Korb,
doch immer noch schau ich mich um,
wenn ich – unschlüssig wohin – vors Haus trete.

DOPPELT IN DIE PILZE GEGANGEN

Auf Waldboden kam mir
mit scheinbar festem, dann aber
erkennbar tapsigem Schritt
jemand entgegen, der, gekleidet
in erdfarbenen Cord,
ich war, dem ich – tapsig in Cord –
näher und näher entgegenkam.
War gleich mir
mit schlechtziehender Pfeife
auf Waldboden unterwegs.

Beide zielstrebig. Runde Rücken.
Er an mir, ich an ihm wie achtlos vorbei.
Kurzer Blick nur aus Augenwinkeln.
Kein Erschrecken. Ich und ich
wollten nur wissen, wer mehr Pilze
in seinem Beutel heimtrug.